Gauguin decide partir

coordenação editorial
Sálvio Nienkötter

editor-adjunto
Raul K. Souza

capa e editoração
Maria Luiza de Carvalho Rodrigues

colagista
Marcelo Brasiliense Esteves

produção
Cristiane Nienkötter

Dados Internacionais de Catalogação na Publicação (CIP)
Angélica Ilacqua CRB-8/7057

Oliveira Neto, Geraldo
Gauguin decide partir |Geraldo Oliveira Neto.

Curitiba: Kotter Editorial, 2019.
70 p.

ISBN 978-65-80103-35-5

1. Poesia brasileira I. Título

CDD B869.1

19-1012

KOTTER EDITORIAL

Kotter Editorial
Rua das Cerejeiras, 194
82700-510 | Curitiba/PR
+55 41 3585-5161
www.kotter.com.br | contato@kotter.com.br

1ª Edição
2019

Gauguin decide partir

Geraldo Oliveira Neto

KOTTER
EDITORIAL

SUMÁRIO

LHAMASSAURO

GAUGUIN DECIDE PARTIR

para Elizabeth Afonso Oliveira

fecho meus olhos para ver.

Paul Gauguin

flor de lótus
vinda do lodo
dor é transformação.

Luci Collin

i just looked in the mirror
things aren't looking so good
i'm looking california
and feeling minnesota.

Soundgarden

A navalha que trago no bolso

Assim que me deparei com a primeira parte do livro de Geraldo Oliveira Neto, intitulada "lhamassauro", logo intuí que se tratava de um sentimento quase tátil de algo que havia se partido, como num estouro, ou como uma xícara ao escapar das mãos. Logo veio-me à cabeça o seguinte verso lido, faz um tempo, no livro Formas de voltar para casa, de Alejandro Zambra: "e a dor era um livro interminável". Claramente traduzível em sua intraduzibilidade, o verso, como um rio, nos confia a sensação de retornar diferentes após o mergulho/leitura, após o trânsito, sofrimento agudo e exaustivo. É de uma dor semelhante que fala este livro, e é por essa dor que Gauguin decide partir.

Gauguin partiu (partiu-se?) e isso é enunciado logo no primeiro poema: "começo pelo episódio do homem/ tentando escapar" e logo em seguida, voa. A todo instante, tentativas de retorno a si mesmo e colar os pedaços, como consolo para o impossível, tentativa de resgate e respiro, como diz o poema "Bafejo": "tomara / que lá fora / encontrem / ar necessário".

Corpo ajustado, ou se reajustando, percorrendo "outras cavidades / fossas covas / fantasmas", sentindo-se infeliz na distância, animal ferido se dá conta: "agora sem tanta pressa / consigo tocar teu nome". E se questiona: "e o que seriam estragos / senão possíveis / recomeços?". Como responder a essa pergunta? O livro, em cacos, tenta erguer uma resposta possível.

No poema "Asfixia", título bem apropriado para os cenários que se (des)constroem em outros poemas deste livro, uma constatação: "trazemos / nos bolsos / sobras de nossos / fracassos". Gauguin passa a tentar juntar os cacos, a refazer os cálculos. Tentativas de reconstruir algo, em trânsito: "nunca fora feliz / nem triste / ele era isso / por completo". Nos poemas, a completude é justamente a asfixia, e o sujeito então torna-se sem foco, sem rumo, desaparece de si em si mesmo. O desespero do baque cria uma atmosfera marcadamente melancólica, onde o sujeito tenta dar conta de sua própria materialidade sentimental: "3 superstições / 2 colheres de coisas boas do passado / 1 copo de orgulho vencido / 2 xícaras de farinha do desprezo / 1/2 xícara de solidão / 1 colher de lágrimas librianas em pó" e ironicamente o finaliza: "este prato contemporâneo fica uma delícia quando degustado em uma das galerias do inhotim", como diz o poema "Crulinária" (que dialoga, aliás, com o clássico "Receita", de Nicolas Behr).

Na segunda parte do livro, Gauguin, nomeado pela paleta, líquido como suas cores, segue por um habitat onde "é possível enxergar / o artista / arrebatado / por seu contraponto" enquanto pinta "à cadência / das três camponesas / enquanto dançam / se haviam guerras / a elas não pertenciam". Ainda assim, tudo dói: "da arte de viver / da arte de sofrer / o desconforto / é paraíso", é tudo estrago: "que cá entre nós / castigo será /sobreviver".

A dor é metamorfose o tempo todo. Corta, como abraço; conforta, como navalha; nos faz ouvir o invisível. Dilaceramento talvez seja o sentimento que vista melhor estes poemas: "talvez / nada pereça / samambaias abracem / esta última noite / e a solidão se desfaça / de encontro a densa / fumaça dos que partem". Partido, Gauguin, como seus cacos, ainda corta profundamente.

Natália Agra
Outono de 2019

LHAMASSAURO

prelúdio

I.

começo pelo episódio do homem
tentando escapar
estratégia
em que o próprio narrador
vestido de plateia
aos poucos justifica
a repentina
revoada de pássaros
nunca antes vistos
por estas bandas
do alto
de um edifício
de quatro andares
fica ainda mais fácil
enxergar
o tumulto nos olhos
de quem
digamos
observa o suicídio
do provável protagonista

II.

às escondidas
cada rosto
encontra por si só
hipótese mais que
perfeita de um amor
mal amado
            amargo-morno
tão monótono
quanto se perder
na incerteza
de um espelho
se nunca fez isso
imagine um quase
silêncio
            pós-coito
olhe com atenção
para as bolhas
que se formam
ao despejar o café
se as bolhas
se moverem
é sinal de chuva
caso fiquem
            concentradas

nuvens carregadas
estarão a caminho
procure por nuvens
em formato
de torre
de algum animal
            estimado
ou de um rosto
familiar à infância
quando restarem
apenas cores
mais lentas
que o azul
e o último suspiro
            das cigarras
sentirá no peito
uma leve sensação
de vertigem
qualquer semelhança
à agonia
que agora atravessa
nosso provável
protagonista
é mera
coincidência

l´amore egoísta

já não acredito
nos pássaros arrisco
dizer que nunca migraram
de tempos em tempos fingem
algumas revoadas
e no entanto retornam
com o mesmo semblante

se voasse evitaria
de todas as formas
lugares comuns
quintais, livrarias,
as casas de azar
                e sobretudo
o corpo tocado
enquanto o sol
penetrava instintivamente
nosso quarto

nunca entender o amor
essa coisa de olho
no olho
que tudo vê
e coração que nada
enxerga

mas se voasse
não estaria aqui
sentado outra vez
remontando a cacofonia
dos dias
que de amenos
em nada
me acariciam

enfermement

isto não é um livro
e se mesmo assim
o fosse
também não
pagaria as contas
esse texto cresce
a medida em que
desescrevo
agora é impossível olhar pra luz
e se mesmo assim
tentasse
cairíamos
essa cadeira
mal se equilibra
sob suas seis patas
e até poderia ao teto
as janelas
ao meu filho que ainda vai nascer
ao casal de mickey mouses
(que cansados de serem motivo
de riso mudaram aqui pra casa
no final de semana, vieram ser
felizes comigo)
dizer
prazer em conhecê-los
mas seria tão ridículo
quanto escrever este livro

manque d´amour

é como se acima do mar
a maioria dos homens
perdessem peso
e o contorno
            da vida
sabendo que nenhum
de seus mantras
foi capaz de domesticar
a chegada da noite
salvar-lhes uma só vez
do próprio umbigo

este mesmo
corpo
que ao balbuciar
baudelaire
exala uma microfonia
agradabilíssima
para ouvidos imbecis
nunca entendi os bares
suas latitudes incompletas
o coro das vozes
esperando entre
tragos e
            pigarros

transitar entre o sexo
e a culpa
de que no amor
mais lento
tudo acaba um dia
por isso
insistimos nadar
remar
e de vez em quando
morrer a cinco
esquinas
de casa

ihamassauro

ilhado
teu corpo
há de fermentar
feito vinho

até desaparecerem
do ego
as feridas
repisará
antigos antros

lá ainda estarão
esquecidos
seus animais
estimados

não se apavore
com a dança
é apenas reverbero
do corpo
se ajustando
à apatia do verbo

não tenha pressa
a fumaça
irá delinear
aquele teu amigo
dealer
descolado

percorra
outras cavidades
fossas covas
fantasmas
sob o lhamassauro
há sempre alguém
mais infeliz
logo ao lado

lembre
da tua mania
de habitar incertezas
umas das luzes
sempre acesa
é o bastante
para que esta
entre outras noites
não te afoguem

astrogamia

mudaram de casa
os astros
na mesa da sala
fotos
um pouco de pressa
discos velhos de jazz
nenhum sorriso
indicando motivo
disseram
borboletas
e gaivotas
que no último voo
do ano se perderam
três pássaros
num piscar
dos seus olhos
indiferentes
estrelas ao norte
confirmam a distância
que nos percorre
agora sem tanta pressa
consigo tocar teu nome

bafejo

buscar uma fresta
por onde velhos afetos
não causem atrito

que eles escapem
estourem recortem
picotem convicções
retidas em persianas
estreitas

tomara
que lá fora
encontrem
ar necessário

tablado

ensaio aberto
em cartaz
dilemas monogâmicos

até os gatos
vadios sabem
as deixas
diálogos
marcações das palavras
não ditas
e dessa mão
que escreve textos
a esmo e tenta
encurtar o calendário
dos dias ruins

sim somo tigres
siameses uivando
o palco
é todo nosso

taquicardia

batimentos
distantes
esparsos

o peito
prótese
que ampera
e dissipa a estranha
sensação de pensar
com palavras

incômodo absoluto
de estômago vazio
é mais fácil
comemorar o esquecimento

... não precisa ser assim
circula uma lenda
dum sítio prometido
onde previsíveis poetas
e répteis estéreis
ilustram tristes elipses
lá vivem felizes
livres de histeria
e da extinção

arcadia dentária

não estou pra ninguém
a parte disso
carrego sorrisos
que de passagem
semeiam
acidentes anárquicos

em suma
aceito e sustento
com os dentes
da frente
a possibilidade
dos dias vencidos
por uma vênus
retrógrada

e o que seriam estragos
senão possíveis
recomeços?

somente a língua
e os beijos
são capazes
de povoar íntimas
profundezas

bossa

já não assobiamos
entre nós
algo mais novo
que a bossa
beira o insulto

gastamos a garganta
com o que tínhamos
ao alcance dos braços

para igualar os egos
dançávamos
            entre serpentes
                        e iguanas

falávamos sobre icebergs
bem próximos ao fogo
embora simétricos
nunca nos coube
o meio termo

asfixia

trazemos
nos bolsos
sobras de nossos
fracassos

o sol não resta
nada podem
montanhas
contra contínua
fúria dos rios

o terreno
se torna ainda
mais erodido
conforme adentramos
vales que antecedem
os arredores do desamparo

como consolo
chamamos de luta
o tempo perdido
boxeando contra
sombras
ensimesmadas

hipótese

enquanto a soma de tudo
que é sólido
perdura
e ainda assim
pereça
não fazer a mala
é bem mais leve
que fazê-la
embora *revolver*, ressoe
melhor que *sargent pepper*
pareço a mesma pessoa
de ontem
indiferente
ao sorriso narciso
desse incerto mosquito
que visivelmente
insiste rente
ao silêncio
dizer duas coisas

o falcão e o lobo

proibido
até aqui
chegar
são e salvo
sem ser alvo
dessa dor
que confina
corpos
sob o feitiço
de áquila

interiorano

no desapegar de lustres, tão frágeis
um dia não mais conivente
ressurge o véu
          a revelar
no canto da boca, sorriso
que só quando
é tarde da noite, ascende

pouco importam horas
na cidade grande
a lua transpira
e os galos
não cantam

yekun

o anjo agitado
abre suas asas
pouco enxergar
o vazio
tornou-se
seu melhor
atributo
não por covardia
e sim por sentir
desde a queda
o existir em cada
coisa
rasgar ruir
carcomer
delicadamente
seu peito
ressurge
a lembrança
de um deus maior
com dedo em
riste dizendo
que cá entre nós
castigo será
sobre viver

breviário do não-pertencimento

a vida é difícil
de toda forma
e ele aceitava
a imposição das coisas
          sabia
que isso era comum
mesmo quando
não se entendia
por gente
          flutuava
entre absurdos, gêneros
e prateleiras repletas
de viciosas virtudes
          guardava
cartões postais e fotografias
dos lugares
em que musgos
com frequência já haviam
pernoitado
vezenquando
era amado
como um cachorro

nunca fora feliz
nem triste
ele era isso
por completo

alice

tarde ardendo em flúor
alice lisérgica de lithium
cavalgando às custas
dum carcará cacofônico
nenhum vento reclama
seu mergulho
no indecifrável

andrógina
não vive mais
o holocausto
nos lugares
onde o fascismo alimenta
a voz doce
dos faz-de-contas

louca
louquíssima
mas as melhores
pessoas
assim
são

de milo

me faz entender
o demasiado
dever em ser
          pedra
perpetuamente poética

beleza americana

- não tem ninguém vindo. pode me explicar
como voa uma sacola?
- claro, em quantos corpos esteve
nos últimos anos?
- muitos, bem... alguns,
poucos
- nada de mais, vento & a voz do plástico dizendo:

T
F A
T N
A
Z O

consegue ouvir?

biscoito de azar

pra quem sempre
esteve cheio
o vazio
é mesmo
esse lugar
dantesco

sabbath

saio sempre aos sábados
seguem meus restos,
            rastros –
ratos gordos
com peso e o passo
maiores que gatos
menores que cães
do tamanho
            de algo
que desarrima
e não sabe
o que busca

crulinária

3 superstições
2 colheres de coisas boas do passado
1 copo de orgulho vencido
2 xícaras de farinha do desprezo
1/2 xícara de solidão
1 colher de lágrimas librianas em pó

bata as superstições, orgulho vencido e coisas boas do passado no liquidificador por cerca de minutos.
aos poucos misture a farinha do desprezo e meia xícara de solidão. adicione lágrimas librianas em pó e amasse tudo por míseros milésimos.

despeje a massa numa das faces poliédricas não-convexas de um quartzo rosa, deixe ao relento em outono médio (20° C), até que o vento (trazendo algumas folhas amarelas) deforme o teorema de euller:

$$F + V = 2 + A \text{ ou } V - A + F = 2$$

se quiser algo mais doce, faça alguns furos no espelho e deixe que o leite condensado escorra por entre as brechas.
ponha este manjar em banho maria até que as rugas formem crostas.
este prato contemporâneo fica uma delícia quando degustado em uma das galerias do inhotim.

golden shower

um brinde ao sincero
e banguelo sorriso das crianças
à cura das mandalas
à coragem de mariguelas mandelas marielles
que francamente andaram por aí lutando
um brinde à madonna, lady gaga, kabalah
vizinhas tagarelas, ao vazio visível em cada uma delas
à possibilidades, belo poema da wislawa
às mulheres gordas e magras
às listras das zebras, os textos de zambra
às farsas da nasa
aos comprimidos de azia após feijoadas
um brinde ao peixinho nemo, à sereia ariel
e toda disneilândia
um brinde aos brochas, ditos duros - beijos na alma
brindemos raduan e as lavouras arcaicas
aos que vivem estados alterados de consciência
em seus sítios
que semeiam e colhem flores plásticas
para buquês de brutamontes
aos nossos próprios fantasmas camaradas
e graças a glória dos backups automáticos
à cura da maconha às cadeiras de balanço
e um dos meus sapatos virados de ponta-cabeça
meus poemas permanecem óbvias banalidades

3x4

somos espécimes
repletas de natureza
morta fartas
de autorretratos

processo

as maiores obras
contemplam
seu próprio vazio

GAUGUIN DECIDE PARTIR

bretanha

errantes saturados
pálpebras pesadas
observando órbitas
distantes
esvaziam-se os copos
ficamos secos
no meio disso
apáticos
respiramos

o som dos passos
recorre ao existir das coisas
destrutivas
repetitivas perguntas
transformam-se em acordes
              semfimnemcomeço
& de repente
anômalos
da arte de viver
da arte de sofrer
o desconforto
é paraíso

pont-aven

a aldeia
ainda calma
não há sequer
            sombra
sobre o capim

todos os lados
se expandem
à cadencia
das três camponesas
enquanto dançam
se haviam guerras
a elas não pertenciam

óleo sobre tela (72x58cm)
ou a opinião de um crítico qualquer

nesse quadro
é possível enxergar
o artista
arrebatado
por seu contraponto

sarah bernhardt

uma beleza imediata
que cansava rápido

ofício

duvidar
de tudo
que é branco

superego

endividam-se poetas
por suas loucuras à espreita
do
nada
aguardam entre arbustos
o momento exato
em que boa alma
apareça
estenda a mão
corte a orelha
o sexo lhes ofereça
em troca de sua ínfima
existência

navalha

gauguin decide partir
mallarme verlaine
e todos os outros *dandies*
perdem demasiado tempo
ao norte
vincent pinta o centésimo
          girassol
alguns dizem
- são amarelos demais
mas trazer
a navalha ao bolso
talvez seja a maneira
de provar
que cores desbotam
ao serem chamadas
pelo nome

tatuagem

escreve
outra vez
tua pele
com todo
calor
que sóis
sob sóis
não fizeram
despertar
borboletas

devaneio sobre a arte

disseram
que o belo
não era bonito
e que a arte
tinha algo
de natureza
vista através
da alma

essa coisa de ser
permanece pictórica
de anatomia indecisa
sob a perspectiva
de um futuro próspero

por detrás dos muros
estou
espreito
penumbro
novidade nenhuma
me faz festa

a poesia não cura
não alimenta
de vertigem
e selvageria
os lábios
muito menos
conduz a uma ilha
onde juntos
e isolados
toda nossa nudez
consiga povoar
de sentido os
dias em que pouco
vivemos

a novidade

enquanto
manet morria;
protegido por bananeiras
um santo qualquer
escapava pela tela
esmagando
as vaidades
mais elegantes
derrubando
quimeras de um céu
vermelho
onde nosso deus
não está

ateliê dos trópicos

longe da podre europa
melodias selvagens
vazadas
de vaidades
tremulam
de encontro
ao cromo

areois

poema de silêncio
feito de cores surdas
espíritos e folhas
farfalham
acompanham
a inutilidade
das palavras

tehura

manter certa distância
pintar outras telas
pássaros sem
galhos
uma taitiana vestida
de branco
            primeira eva
pernas cruzadas
cabelos pra trás
olhos selvagens
o poder de existir
uma só vez

mon petit

vaitauni!
diverte-me vê-la
descendo o rio
teu sorriso
abraçando minha
viciosa carne viva
não és como o mundo
caminha livre
de honestidade
sem a folha
da parreira

entre montanhas

zombem dos fortes
que no incêndio
        das rosas
encurtaram traços
com tons estranhos
que sem os pés
ousaram se equilibrar
entre os vales das sombras
com pincéis
        e canetas
semearam flores ardentes
nas mais altas montanhas

adeus

talvez
nada pereça
samambaias abracem
esta última noite
e a solidão se desfaça
de encontro a densa
fumaça dos que partem

quem sabe
esse ar que tão cedo
cesárea
frente a despedida
desvende
o manto de pureza
no olhar de tehura

longe do taiti
é mais fácil perceber
a mudança
antigos versos maoris
perfumam estrelas
                    andantes
que agora
guardo do lado
de dentro

Sobre o autor

Geraldo Oliveira Neto é mineiro, natural de Araxá, 35 anos. Teve os livros "Escapismo" (2016) e "Sincericídios" (2018) ambos publicados pela Editora 7Letras. Sua poesia é calcada no som das palavras, sobretudo nas repetições voluntárias, nas aliterações & nos jogos de desmonte & remodelagem, parte do princípio básico, a palavra, ou as palavras. Em sua obra é recorrente o diálogo com a estética e poética escapista.

KOTTER
EDITORIAL

Impresso em papel pólen 90g/m²
tipologia Cambria 12/15, inverno 2019.